Je mangerais bien un enfant

Pour Suzanne, Zacharie et Gabriel

Sylviane Donnio

Je mangerais bien un enfant

Illustrations de Dorothée de Monfreid

l'école des loisirs
11, rue de sèvres, Paris 6e

Chaque matin, Maman Crocodile apporte à Achille de bonnes bananes
pour son petit déjeuner et, chaque matin, elle s'émerveille :
« Mon fils, comme tu es grand, comme tu es beau, comme tu as de belles dents ! »

« C'est vrai », pense Achille.

Mais un matin, Achille ne mange rien.
Maman Crocodile s'inquiète, elle insiste : « Tu es sûr ?
Tu ne veux pas d'une bonne, d'une délicieuse banane ? »
« Non merci, maman », répond Achille. « Aujourd'hui
j'aimerais mieux manger un enfant. »
« Quelle idée, mon Achille », s'étonne Maman. « Dans les bananiers,
il pousse des bananes, pas des enfants ! »

« Oui mais moi, j'aimerais mieux manger un enfant ! »

Papa Crocodile s'en mêle. Il court jusqu'au village,
et rapporte à son fiston une saucisse grosse comme un camion.
« Non merci, papa », répond Achille. « Aujourd'hui
j'aimerais mieux manger un enfant. »
« Mais enfin, mon Achille, la saucisse à l'enfant, ça n'existe pas ! »

« Je m'en fiche », s'énerve Achille.
« Moi, j'aimerais mieux manger un enfant ! »

Heureusement, Papa et Maman Crocodile sont malins.
« Notre Achille est un gourmand », pensent-ils. « Préparons-lui
un bon gros gâteau au chocolat, et il oubliera complètement
cette idée stupide ! »

Le gâteau est magnifique.
« Waouh ! » s'exclame Achille, puis il soupire et se ravise.
« Non, vraiment », dit-il, « aujourd'hui j'aimerais mieux
manger un enfant. »

Papa et Maman Crocodile sont totalement désespérés,
ils pleurent et se lamentent : « Bouh ! bouh ! notre cher fils Achille
ne veut plus se nourrir ! »
Achille se sent bizarre, tout faible. C'est ce qui arrive quand on n'a rien mangé.
« Un bon bain me fera du bien », pense-t-il. Et il descend à la rivière.

Sur la rive, il y a une imprudente petite fille.
« Ah ! Chouette ! Je vais enfin pouvoir manger un enfant ! » se dit Achille.
Il se tapit dans l'herbe, toutes dents dehors,
telle une bête féroce prête à bondir.

« Oh ! Regardez-moi ça », s'exclame la fillette. « Un tout petit crocodile !
Comme il est mignon ! Il n'a pas dû manger beaucoup pour être si maigrichon ! »

Elle l'attrape par la queue, lui chatouille le ventre en disant :
« Guili-guili. »

Puis, quand elle en a assez, elle le jette dans la rivière.

« Zut, raté », pense Achille.
Et comme il a vraiment très faim, maintenant, il court chez lui en criant :
« Papa ! Maman ! Des bananes, vite ! Il faut que je devienne grand ! »

« Pour manger un enfant ! »

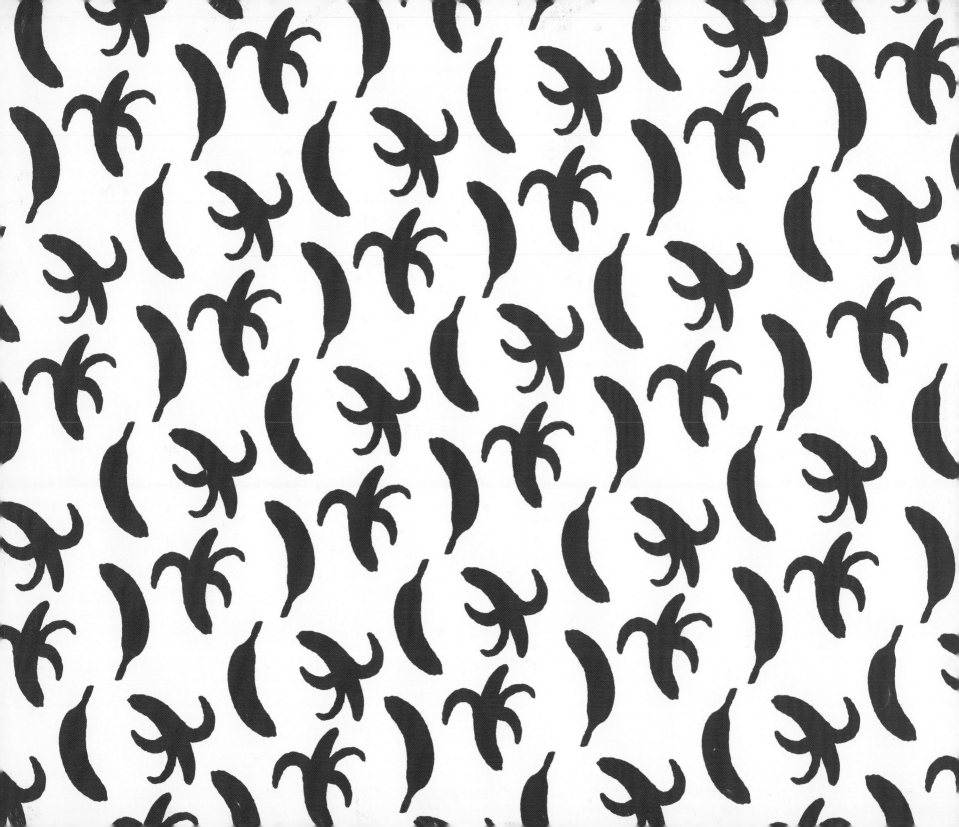